VENTE

Du Vendredi 15 Novembre 1912

HOTEL DROUOT, SALLE N° 11

A DEUX HEURES

OBJETS D'ART ET DE CURIOSITÉ

Céramique, Bronze, Métal

MEUBLES ANCIENS

TABLEAUX

Appartenant à Monsieur X...

COMMISSAIRE-PRISEUR

Me ANDRÉ COUTURIER

EXPERT

M. GEORGES GUILLAUME

CATALOGUE

DES

OBJETS D'ART ET DE CURIOSITÉ

DE DIVERSES ÉPOQUES

Faïences, Porcelaines, Céramique, Verrerie

BRONZE, CUIVRE, ARGENT, MÉTAL

Bois sculptés, Objets de vitrine, Objets variés

MEUBLES ET SIÈGES ANCIENS, ÉTOFFES

Commodes, Bureaux, Vitrines, Nombreuses Tables, etc.

TABLEAUX, DESSINS, GRAVURES

Le tout appartenant à Monsieur X...

DONT LA VENTE AURA LIEU A PARIS

HOTEL DROUOT, SALLE N° 11

LE VENDREDI 15 NOVEMBRE 1912

à deux heures

COMMISSAIRE-PRISEUR

Me ANDRÉ COUTURIER

Successeur de M. LÉON TUAL

56, rue de la Victoire

EXPERT

M. GEORGES GUILLAUME

13, rue d'Aumale

PARIS

EXPOSITION PUBLIQUE

Le Jeudi 14 Novembre 1912, de 2 h. à 6 heures

CONDITIONS DE LA VENTE

Elle sera faite au comptant.

Les adjudicataires paieront *dix pour cent* en sus des enchères.

L'exposition mettant le public à même de se rendre compte de l'état et de la nature des objets, aucune réclamation ne sera admise une fois l'adjudication prononcée.

Paris. — Imp. de l'Art, Ch. Berger, 41, rue de la Victoire.

DÉSIGNATION

TABLEAUX
DESSINS, GRAVURES

BOUCHER (École de)

1 — *La Baigneuse.*

Une jeune femme dévêtue vient de sortir du bain et s'asseoit sur une draperie rouge auprès de ses vêtements épars pour sécher l'eau qui ruisselle de son corps ; dans le coin à droite, parmi des buissons fleuris, un galant la regarde à la dérobée.

Toile.

DAVID (D'après)

2 — *Portrait de Sériziat.*

Toile.

DECAMPS (Attribué à)

3 — *Troupeau de moutons et chasseurs.*

Toile.

GÉRICAULT (D'après)

4 — *Combat de Mameluks.*

Dessin au lavis d'encre de Chine. (Epreuve gravée par Reynolds).

GREUZE

5 — *Femme couchée.*
Esquisse à la sanguine.

JAURAT (D'après)

6 — *La Coquette.*
Gravure en noir.

MOREAU (Adrien)

7 — *Tête de Femme.*
— *Les Deux Sœurs.*
— *La Rôtisserie.*
Trois toiles.

ÉCOLE ANGLAISE

8 — *Portrait de Femme, le bras gauche accoudé, la tête vue de profil à droite.*
Toile.

ÉCOLE FRANÇAISE (XVIIe siècle)

9 — *Groupe de déesses.*
Toile.

ÉCOLE PRIMITIVE

10 — *Une Sainte.*
Panneau.

11 — Deux cartons renfermant des dessins et gravures. (Seront divisés.)

PORCELAINES, FAIENCES
CÉRAMIQUE

12 — Deux vases et leurs plateaux en porcelaine de Paris, à décor sur fond noir de sujets dans le goût étrusque. Milieu du XIXe siècle.

13 — Paire de cache-pots en porcelaine de Paris à dorures. Epoque Restauration.

14 — Assiette creuse en porcelaine de Chine, à décors bleus.

15 — Deux assiettes en ancienne porcelaine du Japon, à rayonnements, autre à rocailles.

16 — Ecuelle à pans coupés en ancienne faïence polychrome de Rouen, à panier fleuri.

17 — Nécessaire à écrire en ancienne faïence polychrome de Rouen, présentant un encrier et quatre casiers.

18 — Plat oblong à pans en ancienne faïence de Choisy-le-Roy, à décors militaires.

19 — Saucière et plateau, de style rocaille, en faïence de l'Est.

20 — Plat rond en ancienne faïence bleue de Delft, à panier et motifs rayonnants.

21 — Ménagère en faïence du Midi, comprenant salière et deux burettes.

22 — Petite ménagère couverte, en ancienne faïence du Midi; monture en argent. Travail de la *Maison Keller*.

23 — Deux pots de pharmacie en faïence italienne.

24 — Trois compotiers variés en faïence italienne, autre en faïence du Midi.

25 — Légumier couvert et son présentoir en faïence blanche, à dorures.

26 — Beurrier en faïence décorée.

27 — Soupière et deux plats ovales en ancienne terre de pipe.

28 — Petite corbeille et son plateau imitant la vannerie, même matière.

29 — Deux bas-reliefs en terre décorée, à sujets villageois. Travail de la Forêt-Noire.

30-31 — Lot de faïences et porcelaines variées. (Sera divisé.)

32 — Carafon espagnol en cristal.

33 — Autre carafon en cristal doré. Époque 1830.

34-35 — Lot de pièces variées en cristal taillé ou coulé : carafes, burettes, verres, etc. (Sera divisé.)

OBJETS DE VITRINE
BOIS SCULPTÉS ET DIVERS

36 — Petit éventail en ivoire ajouré. Fin de l'époque Empire.

37 — Éventail en vernis Martin.

38 — Autre éventail sur tulle d'aloès.

39 — Autre éventail à monture d'ivoire et feuille ornée de peintures. Époque Louis XV.

40 — Écran à main en papier décoré, à palmes et sujets divers. Époque Directoire.

41 — Cinq miniatures variées : Portraits de femmes.

42 — Deux carnets en nacre et argent. Époque 1830.

43 — Dix-sept boutons en porcelaine ; neuf autres boutons variés, anciens.

44 — Lorgnette ancienne.

45 — Lorgnette de théâtre en écaille et cuivre, dans son étui.

46 — Ancien jeu de cartes, dans son étui en carton décoré.

47 — Petit jeu d'échecs de voyage, en acajou, avec ses pions en ivoire.

48 — Ancienne bourse en velours bleu et tissage d'acier.

49 — Petite sacoche-portefeuille en écaille et cuir gaufré à dorures.

50 — Petit panneau en tissage de perles, présentant une construction dans la verdure.

51 — Bonnet bressan en guipure et dentelle noire.

52 — Bonnet en ancienne dentelle : Coiffe de Caen.

53 — Tabatière à double couvercle en bois verni ; monture en argent.

54 — Autre tabatière en bois garni d'argent, présentant des plaquettes avec les noms des saisons.

55 — Autre tabatière en corne.

56 — Petite boîte cylindrique en argent patiné, Signée : *Jean Dunand.*

57 — Boîte circulaire en carton décoré, présentant au couvercle un sujet de baptême.

58 — Boite à thé en citronnier marqueté, munie de deux casiers. Époque Restauration.

59 — Flacon à sels en cristal taillé, forme étoile, et muni d'un bouchon en or, dans son écrin en cuir rouge.

60-61 — Huit boîtes ou étuis en carton, paille, velours, etc. (Seront divisés.)

62-63 — Sept boîtes ou coffrets variés en bois divers marquetés, incrustés de cuivre ou ornés d'acier. (Seront divisés.)

*

64 — Petit nécessaire à ouvrage en bois marqueté, renfermant cinq ustensiles, à monture d'or émaillé. Époque Restauration.

65 — Petit coffret à ouvrage en bois laqué blanc, avec applications d'acier.

66 — Autre plus petit en citronnier marqueté de bois d'amboine, présentant une glace à l'intérieur.

67 — Trois coffrets-écritoires de différentes dimensions en bois variés. (Seront divisés.)

68 — Petite papeterie Louis XIII en cuir gaufré.

69 — Trois petites plaquettes en bois noir, présentant des sujets en biscuit de Wedgwood et des fixés circulaires.

70 — Deux noix de coco sculptées.

71 — Deux poivriers en bois mouluré et ivoire.

72 — Fourneau de pipe en buis sculpté, à décor d'arbres et d'animaux ; monture en argent.

73 — Aune de drapier en bois avec incrustations d'ivoire, présentant les insignes de la corporation.

74 — Canne-flûte à pommeau d'ivoire.

75 — Accordéon en bois ajouré et marqueté. Milieu du XIXe siècle.

76 — Tambour de Tarasque en bois nature sculpté, à palmes et torsades.

77 — Petite corbeille en palissandre marqueté à feuillages.

78 — Petit lot d'objets en vannerie : corbeilles et paniers. (Sera divisé.)

79 — Socle d'applique en bois sculpté et doré à coquilles et mascarons. Epoque Louis XIV.

80 — Quatre cadres dorés à palmettes.

81 — Trois cadres variés dorés ou peints. (Seront divisés).

BRONZE, CUIVRE, ARGENT MÉTAL

82 — Pendule en bronze ciselé et doré, présentant un cadran supporté par deux colonnettes. Fin de l'époque Empire.

83 — Paire d'appliques en bronze ciselé, munies de cinq lumières. Style rocaille.

84 — Quatre flambeaux d'église en bronze argenté, surmontés de cierges.

85 — Paire de robinets en bronze argenté, orné de tritons. Fin de l'époque Empire.

86 — Mortier en bronze patiné.

87 — Boîte en bronze pour une série de poids.

88 — Lampe d'église en cuivre repoussé à coquilles, rosaces et têtes d'anges.

89 — Lampe juive en cuivre, à huit lumières, préparée pour le gaz. (Suspension à crémaillère).

90 — Petite lanterne en cuivre repoussé, présentant un décor à sujet mythologique.

91 — Galerie de foyer en cuivre ajouré à boules. Époque Restauration.

92 — Brasero en cuivre, posant sur trois pieds-griffes et surmonté d'un oiseau. Travail espagnol.

93 — Jardinière de suspension en cuivre de deux couleurs, le culot gainé de feuilles et orné d'une grappe.

94 — Boîte à thé en cuivre argenté. Travail anglais.

95 — Porte-huiliers en métal argenté, muni de deux burettes en cristal taillé.

96 — Nécessaire à écrire en métal argenté, présentant un encrier et un étui à plumes.

97 — Ancienne scie chirurgicale, à monture métallique.

98 — Parure en acier, comprenant un collier et deux bracelets.

99 — Sac et bracelet en filigrane d'acier.

100 — Mouchette en acier, sur plateau en tôle peinte.

101 — Deux plats à œufs en argent mouluré, gravés d'un chiffre au fond et munis d'anses. Époque Restauration.

102 — Petit cadre en argent.

103 — Ancienne croix de Saint-Lo en argent.

104 — Broche en argent, ornée de grenats,

105 — Chaîne et un lot de boucles en argent et métal argenté. Époque 1830.

106 — Petite cruche en ancien étain.

107 — Verseuse en ancien étain, ornée de gravures à palmiers fleuris.

108 — Boîte à œufs en tôle décorée, anses à volatiles. Époque Restauration.

109 — Cafetière en tôle décorée et partiellement dorée. Époque Empire.

110 — Fontaine à café en tôle et plomb, décorée au vernis ; elle est flanquée de têtes de béliers et surmontée d'un buste. Époque du Consulat.

111 — Fontaine couverte et son bassin en tôle décorée, à dorures sur fond noir. Fin de l'époque Empire.

MEUBLES ET SIÈGES
ÉTOFFES

112 — Commode en acajou, ornée d'anneaux en bronze « au ballon », munie de trois rangs de tiroirs ; montants et pieds à cannelures. Époque Louis XVI.

113 — Commode demi-lune en acajou fileté et ornée de cuivre, munie de trois tiroirs et de portes latérales ; montants et pieds à cannelures ; dessus en marbre blanc. Époque Louis XVI.

114 — Vitrine plate en acajou filetée de cuivre.

115 — Vitrine en bois peint vert et partiellement doré, sculptée de rocailles. Travail italien du XVIIIe siècle.

116 — Bureau à toutes faces en marqueterie de bois de placage à filets, orné de bronze et muni d'un grand tiroir et de six plus petits. Époque Louis XVI.

117 — Classeur en palissandre marqueté d'ivoire, simulant un petit bureau.

118 — Table-coiffeuse en bois de rose marqueté à filets. Style Louis XVI.

119 — Petite poudreuse en ronce de noyer à filets, munie d'un tiroir et surmontée d'une glace psyché. Art anglais du XVIIIe siècle.

120 — Autre du même genre en acajou. Époque Empire.

121 — Toilette d'homme, à glace-paravent mobile, en acajou, munie de quatre tiroirs et couverte de marbre gris.

122 — Deux consoles d'angle en bois laqué blanc et partiellement doré; couvertes de marbre bleu-turquin.

123 — Petite étagère d'encoignure en acajou, munie d'une porte dans le bas. Fin de l'époque Empire.

124 — Table-fichu en marqueterie de bois de rose et d'amarante, présentant des fleurs et des quadrillages, elle pose sur pieds cambrés à sabots de bronze.

125 — Guéridon rond en acajou, à plateau réversible, posant sur trépied par tige centrale à cannelures.

126 — Petite table à jeu en noyer, couverte d'un tapis vert.

127 — Guéridon à pans coupés en marqueterie à losanges et rayonnements, posant sur trépied par tige centrale, à deux tablettes étagées.

128 — Petite table en bois naturel, munie d'un tiroir et posant sur pieds à croisillon.

129 — Table rectangulaire en acajou, garnie de cuivre, munie d'un tiroir d'entrejambe et couverte d'un marbre à galerie.

130 — Table à jeu en bois clair marqueté à damiers. Ancien travail de l'Est.

131 — Guéridon rond en bois de rose, muni d'un petit tiroir.

132 — Guéridon rond en palissandre marqueté de bois clair, posant sur trépied ; partie centrale à pans.

133 — Table-jardinière, de forme mouvementée, en marqueterie de ronce d'amboine et amarante, munie de trois récipients, d'une tablette-circulaire en marbre et d'un entrejambe.

134 — Petite table à jeu en acajou, posant sur pieds croisés à traverse d'entrejambe. Époque Restauration.

135 — Table à ouvrage en citronnier marqueté de bois foncé à pois ; elle est munie d'un tiroir et d'un coffre d'entrejambe ouvrant à abattants. Époque Restauration.

136 — Table rectangulaire en acajou, munie de deux tiroirs et d'un entrejambe. Époque Empire.

137 — Table tricoteuse en acajou frisé, support en forme de lyre et pieds cambrés ; elle ouvre à abattants et renferme plusieurs casiers. Commencement du XIXe siècle.

138 — Petite table rectangulaire à étagères en bois de rose marqueté, munie de deux tiroirs latéraux. Style Louis XVI.

139 — Petite table à trois tiroirs en marqueterie de bois de couleur, et munie d'une tablette d'entrejambe. En partie d'époque Louis XVI.

140 — Table à volets en acajou. Fin de l'époque Louis XVI.

141 — Table ovale en acajou, cerclée de cuivre et posant sur quatre pieds cannelés. En partie du XVIIIe siècle.

142 — Table-liseuse en merisier, munie d'un pupitre mobile et d'un écran de soie jaune, préparée pour recevoir deux bras de lumière ; elle comporte en outre un tiroir latéral avec

encrier et poudrier, et pose sur pieds cambrés. Époque Louis XV.

143 — Paravent à six feuilles, en partie couvert d'ancienne toile de Jouy à personnages et constructions.

144 — Grand trumeau de glace en bois sculpté et partiellement doré, présentant au fronton un vase fleuri. Époque Louis XVI.

145 — Trumeau de glace en bois sculpté et peint, présentant au fronton une peinture: pastorale. Époque Louis XVI.

146 — Autre trumeau de glace en bois sculpté et peint vert, présentant au fronton les attributs de la pêche. Époque Louis XVI.

147 — Trumeau de glace, présentant un double encadrement en bois sculpté et doré à perles et feuilles d'eau, orné à la partie supérieure d'une peinture : Paysage hollandais.

148 — Petit lit en acajou, de forme bateau. Époque Restauration.

149 — Gaine d'horloge en bois sculpté à fleurs, vases, pampres et motifs à volutes. En partie d'époque Louis XVI.

150 — Porte-carton, forme X.

151 — Seau à papier en bois marqueté doublé de cuivre, et posant sur pieds-boules.

152 — Bergère en bois laqué blanc, à cannelures et rosaces, couverte de velours frappé à médaillons et munie d'un coussin mobile. Époque Louis XVI.

153 — Bergère à oreilles en bois naturel sculpté ; bras à colonnettes dégagées et rosaces, pieds à cannelures. Époque Directoire.

154 — Fauteuil en bois naturel mouluré, couvert de molesquine rouge. Époque Régence.

155 — Fauteuil en bois peint gris à rinceaux, feuilles et moulures recouvert de velours frappé jaune. Époque Directoire.

156 — Fauteuil en bois laqué blanc, couvert de toile à carreaux. Époque Directoire.

157 — Fauteuil de bureau en bois peint jaune, à fond de canne, bras à colonnettes dégagées et ornés de rosaces. Époque Directoire.

158 — Fauteuil de bureau à fond de canne. Époque Louis XVI.

159 — Fauteuil à fond de canne en bois naturel sculpté, posant sur pieds cannelés. Époque Louis XVI.

160 — Fauteuil en bois sculpté ; ceinture à fleurs et rosaces ; bras et pieds cannelés ; il est recouvert de soie brochée à fleurs. Époque Louis XVI.

161 — Deux fauteuils en bois naturel sculpté à rosaces, couverts de soie brochée à fleurettes. Fin de l'époque Louis XVI.

162 — Deux fauteuils en bois laqué gris à moulures et cannelures. Epoque Louis XVI.

163 — Autre fauteuil, de même époque, en bois laqué gris.

164 — Chaise percée en chêne sculpté et canné, ornée de rosaces et de moulures. Époque Louis XVI.

165 — Huit chaises en bois naturel sculpté à moulures et fleurs, posant sur pieds cambrés. Époque Louis XV. (Elles sont couvertes de velours frappé chaudron.)

166 — Six chaises en bois clair sculpté à draperies et palmes, couvertes de velours noir. Travail flamand du XVIIIe siècle.

167 — Panneau de soie brodée, présentant un coq.

168 — Panneau de soie brodée à sujet de moisson. Cadre en pitchpin.

169 — Couvre-pieds capitonné en ancien voile de Gênes, présentant un arbuste fleuri.

170 — Chasuble en drap d'or soutaché et orné d'applications ; elle présente sur l'une des faces un agneau pascal.

171 — Châle en cachemire, à décor d'arabesques.

172-173 — Lot de bandeaux dentelés, lambrequins et cantonnières en damas cerise. (Sera divisé.)

174 — Objets omis.

www.ingramcontent.com/pod-product-compliance
Ingram Content Group UK Ltd.
Pitfield, Milton Keynes, MK11 3LW, UK
UKHW020527180726
13839UKWH00005B/2361